Aho

Copyright © 2018 Inga Paterson-Zúñiga

All rights reserved. No part of this book may be reproduced in any form or by any electronic or mechanical means, including information storage and retrieval systems, without permission in writing from the publisher, except by reviewers, who may quote brief passages in a review.

ISBN: 9781729401231

Printed in United States of America

Characters in this book are fictitious and some situations are contrived. Any similarity to real people, living or dead, is completely coincidental, and not intended by the author.

To learn more about Inga's teaching philosophy, classroom musings and upcoming projects, visit her blog at joyofci.com.

All of the photographs in this book were taken during August of 2018 by the author on location in San Miguel de Allende.

Acknowledgements:

I dedicate this book to "Pan" and Maru, my favorite Mexican couple. Over the years, spending my summers with you in Mexico, you have taught me how to engage with "Ahorita" time. Although my ability to adapt fully to the concept is still a work in progress, I admire your capacity for living in the moment. Most of us could use a little more of this in our lives.

Reconocimientos:

Dedico este libro a "Pan" y Maru, mi pareja favorita de México. Durante los años, pasando mis veranos con Uds. en México, me han enseñado a navegar en el tiempo "Ahorita". Aunque mi habilidad de adaptarme completamente sigue siendo un aprendizaje, admiro su capacidad de vivir en el momento. La mayoría de nosotros podríamos beneficiarnos con más de esto en nuestras vidas.

Índice

Capítulo 1
Chavos modernizados

En México los chicos se llaman chavos. Esta es la historia de dos chavos "modernizados". Uno es mexicano. El otro es norteamericano.

El chavo mexicano se llama Paco. Él es muy casual. A Paco le gustan  las fiestas. Tiene muchos amigos. Es muy social y muy generoso.

Quiere aprender inglés, pero no es muy puntual para sus clases.

 Esta es la casa de Paco. Él vive con sus papás. También tiene dos hermanos. Su pueblo se llama San Miguel de Allende. El nombre abreviado para el pueblo es San Miguel. Está en el centro de México, en las montañas.

Este es el cuatrimoto de Paco. Es el transporte más práctico para los chavos modernizados de San Miguel. Usan cuatrimotos porque las calles son empedradas[1] y muy angostas.[2]

---

[1] **empedradas** made of paving stones

[2] **angostas** narrow

4

El chavo norteamericano se llama Wyatt. Wyatt es un chavo modernizado  también. En México, a los norteamericanos les llaman "gringos". Wyatt es un chavo gringo modernizado.

Wyatt está en México para aprender español. Él habla inglés, pero no habla mucho español. Tiene acento "gringo" cuando habla español. Wyatt quiere aprender más español. Él es amigable, pero es más serio y puntual que Paco.

Capítulo 2
Conversaciones

Paco y Wyatt van a un grupo de conversación en la biblioteca pública de San Miguel. En el grupo, los mexicanos practican inglés con los gringos, y los gringos practican español con los mexicanos.

Paco y Wyatt son nuevos

amigos, pero a veces tienen problemas de comunicación.

Es martes. Es el día del grupo de conversación. Wyatt le manda un texto a Paco. En México los chavos modernizados normalmente usan

WhatsApp para comunicarse. Es el App preferido de los chavos mexicanos

modernizados.

En este momento son las cuatro y media. Wyatt le dice a Paco:

> Nos vemos en quince minutos.   4:30 pm

Paco le contesta:

> Ahorita voy para allá.
> 4:31 pm ✔✔

Wyatt no puede entender "ahorita" y necesita usar un diccionario. La traducción

en inglés dice "Right now".
Wyatt está contento. Él
quiere ver a su amigo
"ahorita".

...Pero, Paco todavía
está en la mesa de su
cocina. La mamá de Paco
le preparó chilaquiles³, su
comida

favorita.
¡Paco no
puede resistir!
¡Tiene mucha
hambre!

---

³ **chilaquiles** traditional Mexican breakfast dish of fried
corn tortilla chips topped with green or red salsa, served
with onion, fresh crumbled cheese and avocado

 Quince minutos más tarde, al cuarto para las cinco, Wyatt le manda otro texto a Paco por WhatsApp. Wyatt le dice:

Hola, Paco. ¿Vienes a la reunión?

4:45 pm

Paco le contesta:

¡Ahorita estoy saliendo! 4:47 pm ✔✔

Wyatt no puede entender "estoy saliendo". Necesita usar el

diccionario otra vez. La traducción en inglés dice "I'm leaving". Ahora Wyatt entiende todo. "Ahorita estoy saliendo" quiere decir "I'm leaving right now".

Wyatt está un poco confundido. Él es muy puntual, pero Paco no...

...Paco todavía está en su casa. Él no está saliendo. Está en el baño, cepillándose los dientes...

Capítulo 3
En camino

Treinta minutos más tarde Paco no ha llegado a la biblioteca. Ya son las cinco y Wyatt ahora está molesto. ¿Dónde está Paco? ¿Por qué no llega? ¡La reunión va a empezar en este momento!

Wyatt le manda otro texto a Paco por WhatsApp. Wyatt le dice:

> ¿Paco? ¿A qué hora vas a llegar a la biblioteca?
>
> 5:00 pm

Paco le contesta:

> ¡Ahorita voy en camino! 👍👍
>
> 5:02 pm ✔✔

Wyatt no puede entender "voy en camino", entonces usa el diccionario otra vez. La traducción en inglés es "I'm on my way".

Pero...Paco necesita ir a la peluquería rápido porque necesita un corte de pelo. Va rápido. Sólo necesita diez minutos. No importa. ¡Es rápido!

SERVICIOS
- CORTE DE CABALLERO
- DELINEADO DE BARBA
- CORTE DE CABELLO DE NIÑO
- LIMPIEZA FACIAL
- ARREGLO DE BARBA Y BIGOTE
- AFEITADO

PRODUCTOS: MENOXIDIL, CERAS, ACEITES, GEL, POMADAS Y LOCIÓN.

Capítulo 4
Todavía en camino

Quince minutos más tarde, Paco le manda otro texto a Wyatt por WhatsApp. Ya son las cinco y cuarto. Paco le dice:

¡Ahorita llego! 👍 5:15 pm ✔✔

Wyatt no puede entender "Ahorita llego". Necesita usar el

diccionario otra vez. La traducción en inglés es "I'm arriving right now". Wyatt va a la entrada de la biblioteca, pero Paco no está allí. ¿Dónde está Paco? ¿Por qué no llega?

Paco está en la tortillería comprando tortillas. Es un favor para su mamá. No importa. ¡No hay problema! ¡Es rápido!

La carnicería está al lado de la tortillería. ...Y su mamá también necesita carne. Va rápido. ¡No hay problema! ¡Es muy rápido!

También Paco ve un Oxxo muy cerca de la carnicería. El Oxxo es una tienda mexicana donde puedes comprar refresco o papitas. Es la tienda de los chavos mexicanos modernizados. ¡Paco no puede resistir una Coca-

Cola fría! ¡Es que hace mucho calor a las cinco de la tarde, y Paco tiene mucha sed! No hay problema...¡es rápido!

Ahora Paco necesita pasar rápido a la casa. ¡Tiene las tortillas y la carne para su mamá! ¡Hace mucho calor y necesita poner la carne en el refrigerador! Pero, no importa. ¡Es muy rápido!

Capítulo 5
-Ya ando cerca.[4]-

Ya son las cinco y media de la tarde. Paco le manda otro texto a Wyatt por WhatsApp. Paco le dice:

> ¡Ya ando cerca!   5:30 pm ✔✔

...Pero Wyatt no contesta. Está en el grupo de conversación. Wyatt

---

[4] *¡Ya ando cerca!* I'm close!

piensa que Paco ya no va a llegar...

Paco piensa —No es tan tarde. ¡No importa! ¡Ahora puedo ir rápido por unos tacos al pastor![5] Los tacos

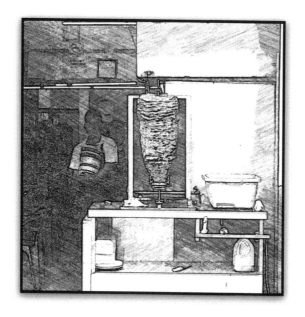

---

[5] *tacos al pastor* tacos made with spit-grilled meat topped with grilled pineapple, white onion and cilantro

están en camino. ¡Llego
rápido! ¡No hay problema!–

Son los tacos favoritos
de Paco y él tiene hambre
otra vez. ¡Paco no puede
resistir! Quiere comprar
tacos para todos sus
amigos del grupo de
conversación.

Su panadería favorita está al lado de la taquería. ¡Hay bolillo[6] y conchas[7] y todo su pan favorito!

---

[6] **bolillo** bread similar to French baguette, but baked into a small roll

[7] **conchas** sugar-coated sweet bread resembling a broken seashell (The original meaning of "concha" is seashell.)

Es la hora perfecta para comprar pan. No hay mucha gente y el pan todavía está calientito. Paco decide comprar pan para todos sus amigos también. No importa. ¡No hay problema! Es súper rápido...

Capítulo 6
A punto de llegar

 Ya es un cuarto para las seis. Paco sabe que ya es tarde para el grupo de conversación, pero no hay problema. ¡Está a punto de llegar![8]

Pero él necesita comprar atole[9] para acompañar el pan. Paco

---

[8] *a punto de llegar* about to arrive

[9] *atole* hot pre Hispanic drink made with corn flour and cane sugar, often consumed with an evening snack

piensa —No hay problema.
El mercado está súper
cerca de la biblioteca.

¡Puedo ir al mercado en

camino! El mercado tiene muy buen atole.-

Entonces Paco va al mercado rápido. Es muy rápido. No hay problema...

El está contento porque ahora tiene atole delicioso para acompañar el pan...

...Pero ¿cómo no va a comprar unas deliciosas aguas de horchata[10] para

---

[10] *agua de horchata* a chilled drink made with rice, cinnamon and condensed milk, often consumed at taquerías

acompañar los tacos? ¡No hay problema! ¡Paco sabe exactamente dónde comprarlas!

Capítulo 7
Conversaciones sin Paco

 Mientras tanto[11]...ya son las seis de la tarde y Paco no ha llegado a la biblioteca. Wyatt, el chavo gringo, habla con los otros mexicanos, y practica su español. Wyatt piensa – ¿Dónde está Paco? ¿Por qué no llega?–

---

[11] *mientras tanto* meanwhile

Wyatt está aprendiendo mucho español, pero Paco no está aprendiendo mucho inglés...

...Paco está a punto de llegar a la biblioteca. ¡Ahorita! ¡En serio! Pero ahora hay mucho tráfico...

Él llega al centro de San Miguel poco a poco. Va muy lento en su cuatrimoto.

 Ya son las seis y cuarto, y el grupo de conversación termina en quince minutos.

Paco piensa –¿Ya para qué voy al grupo de conversación?–

Paco decide ir al Jardín[12].

¡En el Centro, hay una gran fiesta! Hay cabezones[13], música y mucha gente.

---

[12] **El Jardín** San Miguel's central plaza

[13] **cabezones** Also known as **Mojigangas,** these giant paper-mache puppets parade through the streets of San Miguel during street processions and weddings.

Ya son las seis y media. Paco quiere mandarle un texto a Wyatt por WhatsApp, pero hay un pequeño problema. El teléfono de Paco está descargado. Paco piensa —¡No hay problema! Ahorita le

mando un texto a Wyatt...
cuando llegue a mi casa!-

Mientras tanto...Wyatt se
va a su casa y piensa -No
entiendo a Paco. No
entiendo la palabra
"Ahorita".-

Paco se sienta en el Jardín y come sus tacos al pastor. No come solo. Tiene mucha compañía. Hay mucha gente bailando en la plaza con los cabezones.

Paco piensa que fue una buena decisión no ir al grupo de conversación.

¡No hay problema! El puede
ir el jueves...

Capítulo 8
En camino...otra vez

Es jueves al cuarto para las cinco. Hoy hay grupo de conversación en la biblioteca. Paco quiere ir, entonces le manda un texto a Wyatt por WhatsApp. Paco le dice a Wyatt:

> ¿Vas a ir al grupo de conversación hoy?
> 4:45 pm ✔✔

Wyatt le contesta:

> **Sí, voy a ir.** 4:46 pm

Paco le dice:

> Perfecto. 👍 ¡Ahorita nos vemos a las cinco!
> 4:47 pm ✔✔

...Pero Paco está en la frutería comprando limones y plátanos para su mamá. Paco piensa —¡No hay problema! ¡Ahorita llego! Es rápido...—

Glosario

a

a - to
abreviado - abbreviated
    el nombre abreviado - the
abbreviated   name
acento - accent
acompañar - to accompany
ahora - now
ahorita - right now
al - at; at the; to the
    al cuarto para las cinco - at quarter
        to five
allá - over there
allí - there
amigable - friendly
amigo - friend
amigos - friends
angostas - narrow

calles *angostas* - *narrow* streets
aprender - to learn
aprendiendo - learning

b

bailando - dancing
baño - bathroom
biblioteca - library
buen/buena - good

c

calles - streets
calor - heat
    hace calor - it's hot (it makes "heat")
calientito - warm
capítulo - chapter
carne - meat
carnicería - butcher
casa - house
casual - casual
centro - downtown ("center" of town)

cepillándose - brushing

 cepillándose los dientes - brushing his teeth ("brushing *himself* the teeth")

cerca - close

 cerca de - close to

chavo - casual Mexican word for teenager ("dude")

chicos - kids

cinco - five

clases - classes

cocina - kitchen

come - s/he eats

comida - food

compañía - company

comprando - buying

comprar - to buy

comprar*las* - to buy *them*

comunicación - communication

con - with

confundido - confused

contento - content; happy

contesta - s/he answers

conversaciones - conversations

conversación - conversation

corte - cut (n)

    corte de pelo - haircut

cuando - when

    cuando llegue - when I arrive

cuarto - quarter (in telling time)

    al cuarto para las cinco - at quarter to five

    un cuarto para las seis - a quarter to six

    son las cinco y cuarto - it's 5:15

cuatrimoto - quad/ATV (All-terrain vehicle)

cuatro - four

cómo - how

de - of/from

decide - s/he decides

decir - to say

decisión - decision

deliciosas/delicioso - delicious
descargado - uncharged
diccionario - dictionary
dice - s/he/it says
      le **dice** - he says *to him*
dientes - teeth
diez - ten
donde - where (used in a statement)
dónde - where (used in a question)
dos - two
día - day

e

el - the
él - he
empezar - to start
en - in; on; at
entender - to understand
entiende - s/he understands
entiendo - I understand
entonces - so; then
entrada - entrance

es - is
español - Spanish
esta - this
este - this
estoy - I am
está - s/he/it is
están - they are
exactamente - exactly

favor - favor
favorita/favorito/favoritos - favorite
fiesta - party
frutería - fruit stand
fría - cold
fue - it was

generoso - generous
gente - people
gran - big

51

gringo - casual expression for American

grupo - group

gustan - they are pleasing

> **A Paco le gustan las fiestas -** Paco likes parties ("To Paco, parties are pleasing.")

h

ha - has (present perfect)

> **no ha llegado -** he hasn't arrived

hace - it makes

> **hace calor -** it's hot ("it makes heat")
>
> **hace mucho calor -** it's very hot ("it makes a lot of heat")

hambre - hunger

> **tiene hambre -** he's hungry ("he has hunger")
>
> **tiene mucha hambre -** he's very hungry ("he has a lot of hunger")

hay - there is/are

> **¡No hay problema! -** There's no problem!

hermanos - brothers; siblings
historia - story
hola - hello
hora - hour; time
      ¿A qué hora? - At what time?
hoy - today

i

importa - it matters
      no importa - it doesn't matter
inglés - English
ir - to go

j

jueves - Thursday

l

la - the
lado - side

al lado de - next to ("to the side of")

las - the

le - him/to him

>**le contesta -** he answers *him*
>
>>**le dice -** he says *to him*
>>
>>**le gustan -** they are pleasing *to him*
>
>**le habla -** he talks *to him*
>
>**ahorita le hablo -** I will call *him* right now ("right now I call *him*")

lento - slow

les - them

>**les llaman -** they call *them*

limones - limes

los - the

LL

llama - calls

>**se llama -** his name is (*"he calls himself"*)

llaman - they call

>**les llaman -** *they call* them

se *llaman* - they are called (*"they call themselves"*)

llega - arrives

llegado - arrived

> **no ha llegado** - has not arrived

llegar - to arrive

llego - I arrive

llegue - I arrive

> **cuando llegue** - when I arrive

m

mamá - mom

manda - sends

> ***le* manda** - sends *him*

> **mandar*le*** - to send *him*

martes - Tuesday

media - half

> **Ya son las cinco y *media*** - It's already   five-*thirty*

> **Ya son las seis y *media*** - It's already six-*thirty*

mejor - better

mensajes - messages
mercado - market
mesa - table
mexicana/mexicano/mexicanos - Mexican
mi - my
minutos - minutes
modernizado/modernizados - modernized
molesto - annoyed
momento - moment
montañas - mountains
mucha/mucho/muchos - a lot
muy - very
más - more
> *más* **serio que** - *more* serious than
> *más* **tarde** - lat*er*
música - music

necesita - s/he needs
no - no; don't
> **no es** - isn't
> **no puede** - isn't able

nombre - name
normalmente - normally
norteamericano - American
norteamericanos - Americans
nos - us; each other
> ***nos* vemos** - see you ("we see *each other*")

nuevos - new

O

o - or
otra/otro - other; another
otros - other

P

palabra - word
pan - bread
panadería - bakery
papitas - potato chips
papás - parents
para - in order to

para aprender - in order to learn

pasar - to pass; to stop by

pelo - hair

peluquería - barber shop

pequeño - small

perfecta/perfecto - perfect

pero - but; however

piensa - s/he thinks

plaza - plaza

plátanos - bananas

poco - little

    un poco - a little

poner - to put

por - through; for

    por WhatsApp - with WhatsApp ("through WhatsApp")

    por unos tacos - for some tacos

    ¿por qué? - why

porque - because

practica - s/he practices

practican - they practice

práctico - practical

preferido - preferred; favorite

preparó - s/he prepared

    le **preparó -** s/he prepared *for him*

problema - problem

problemas - problems

pueblo - town

puede - is able; can

puedes - you are able

puedo - I am able

punto - point

    en punto - on point ("on the dot; exactly")

puntual - punctual

pública - public

q

que - that; than

quiere - s/he wants

    quiere decir - means ("wants to say")

quince - fifteen

qué - what

r

refresco - soda
refrigerador - refrigerator
resistir - to resist
reunión - reunion; gathering
rápido - fast; quick

s

sabe - s/he knows
se - himself/herself
>   *se* **llama** - s/he calls *her/himself*; it's called
>   *se* **llaman** - they call *themselves*; they're   called
>   **cepillándo***se* - brushing (*oneself*)
>   *se* **sienta** - he sits down ("he sits *himself* down")
>   *se* **va** - he leaves
sed - thirst
>   **tiene sed** - is thirsty ("has thirst")

seis - six

serio - serious

sienta - sits

> *se* **sienta -** he sits down ("he sits *himself* down")

sin - without

social - social

solo - alone

son - they are

> **son las -** it's…o'clock ("they are the")

su/ sus - his; her; its; their

sí - yes

sólo - only

> **Sólo necesita -** He only needs

súper - super

t

también - also

taquería - taco stand

tan - so, that

> **tan tarde -** that late

tarde - late; afternoon

61

la tarde - the afternoon

más **tarde** - lat*er*

teléfono - telephone

termina - it ends

texto - text

tienda - store

tiene - s/he, it has

tienen - they have

todavía - still

todo - everything; all

todos - all; everyone

tortillas - tortillas (Mexican tortillas are flat discs made from cornmeal and water)

tortillería - tortilla shop (where tortillas are made)

traducción - translation

transporte - transportation

treinta - thirty

tráfico - traffic

un/una/uno - one; a

unas/unos - some
usa - s/he, it uses
usan - they use
usar - to use

V

va - s/he, it goes, is going
van - they go, are going
vas - you (informal) go, are going
> **vas a llegar** - you are going to arrive
> **vas a ir** - you are going to go
ve - s/he, it sees
veces - times
> **a veces** - at times, sometimes
vemos - we see
ver - to see
vez - time
> **otra** *vez* - again ("another *time*")
vienes - you (informal) come, are coming
vive - s/he lives
voy - I go, am going
> **voy a ir** - I am going to go

y - and

ya - already; now

    ya no - no longer; not anymore

Glosario cultural
(bilingual/bilingüe)

"Ahorita" Time

Probably one of the most culturally challenging concepts for foreigners in Mexico to grasp is the notion of "ahorita" time. "Ahorita" is an ambiguous term used by Mexicans to work around having to commit to an exact time reference. It is not meant to be taken literally. This more carefree way of interpreting time can cause misunderstandings when Mexicans are interacting with foreigners.

El tiempo "ahorita"

Probablemente uno de los conceptos culturales más difíciles de entender para los extranjeros en México es la noción del tiempo "ahorita". "Ahorita" es una palabra ambigua que los mexicanos usan para no comprometerse a una hora exacta. No se debe tomar de manera literal. Esta forma más casual de interpretar la hora puede causar malentendidos cuando los mexicanos interactúan con extranjeros.

Mexicanisms

This story is rich in "Mexicanisms", which are idioms specific to Mexican Spanish. Words like "chavo", "gringo", "ahorita" and "calientito" are commonly used in everyday conversation.

Mexicanismos

Esta historia tiene una riqueza de "mexicanismos" que son expresiones idiomáticas usadas por los mexicanos. Palabras como "chavo", "gringo" y "ahorita" son usadas cotidianamente en diálogo.

ATVs

For the sake of practicality, people often ride ATVs and motorcycles through the narrow cobblestone streets of San Miguel. On weekends, traffic gets heavy, and finding parking can be a challenge. Bicycle riding is a less practical option because the paving stones make it difficult. It is also common to see people riding horses in the streets.

Cuatrimotos

Por practicalidad, la gente usa frecuentemente cuatrimotos y motocicletas en las calles angostas y empedradas de San Miguel. Los fines de semana, el tráfico se pone pesado, y es más difícil estacionarse. Andar en bicicleta es menos práctico porque las piedras lo hacen difícil. También es común ver a gente montando a caballo en las calles.

"Gringos" of San Miguel

San Miguel's mild climate, numerous art and cultural institutes and reasonable cost of living have attracted a large influx of Americans ("Gringos"). Some come for a short vacation. Others stay for a longer period of time to learn Spanish or take art classes. San Miguel has also become a popular world retirement destination.

Los "gringos" de San Miguel

El clima templado de San Miguel, sus numerosos institutos de arte y cultura además del costo accesible de vivienda han atraído un gran flujo de norteamericanos ("Gringos"). Algunos de ellos van por una estancia corta. Otros se quedan por una temporada más larga para aprender español o tomar clases de arte. También San Miguel se ha convertido en un destino mundial predilecto para retirarse.

WhatsApp

WhatsApp is the most popular free texting app in the world, used in over 180 countries by more than 1.5 billion people! It is widely used all over Latin America because it is accessible on all platforms and very user-friendly.

WhatsApp

¡WhatsApp es la aplicación gratis más popular en el mundo para intercambiar textos, utilizado en más de 180 países por más de 1.5 billones de personas! Se usa extensamente en todo Latinoamérica, ya que es accessible en todas las plataformas y es muy fácil de usar.

The Family Dynamic

Most middle class young adults in Mexico live at home with their parents until they finish their studies and/or get married. They help out with household responsibilities such as errands for their parents, such as those that Paco does for his mother.

La dinámica familiar

La mayoría de los adultos jóvenes de clase media en México viven en casa con sus padres hasta que terminan sus estudios y/o se casan. Ayudan con responsabilidades como hacer mandados para sus padres, tales como los que hace Paco para su mamá.

About the Author:

Inga Paterson-Zuniga is a Spanish language educator in Northern New Jersey where she has taught to all levels K-12 for over 20 years. She is an expert in Comprehensible Input methodology and has facilitated TPRS workshops throughout the Eastern United States since 2005. She spends her summers in the Central Mexican cities of Querétaro and San Miguel de Allende with her husband and family, working to enrich her cultural awareness and raise her son bilingual and bicultural. She has a special affinity toward all things

Mexican, including the vast gastronomy, art scene and depth of social interaction. One of her favorite pastimes is snapping photographs of her travel experiences, which are depicted here in sketch form.

46229283R00050

Made in the USA
Lexington, KY
24 July 2019